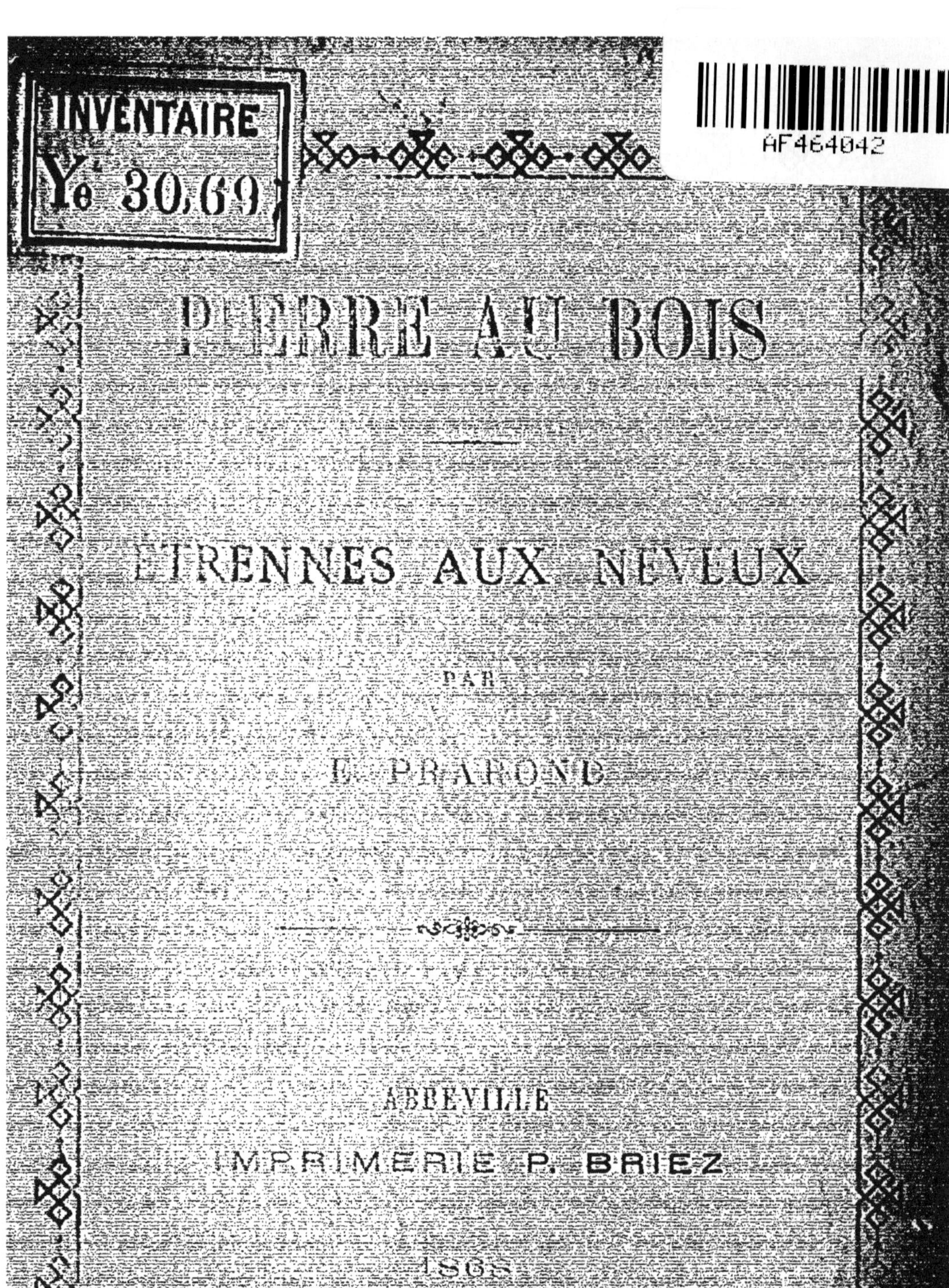

PIERRE AU BOIS

ÉTRENNES AUX NEVEUX

PAR

E. PRAROND

ABBEVILLE
IMPRIMERIE P. BRIEZ

1868

PIERRE AU BOIS

—

ÉTRENNES AUX NEVEUX

PIERRE AU BOIS

ÉTRENNES AUX NEVEUX

PAR

E. PRAROND

ABBEVILLE

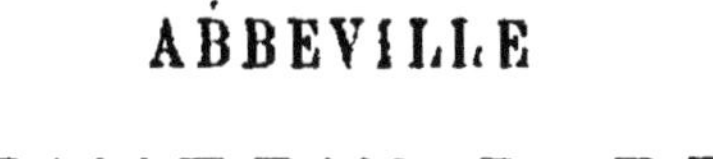
IMPRIMERIE P. BRIEZ

1868

LA POURSUITE DU BALLON

Je suis en retard envers vous cette année, mes neveux; je vais donc vous raconter une vieille histoire.

DIMANCHE 31 AOUT 1851, GRANDE ASCENSION AÉROSTATIQUE. M. GODARD, ETC. Ainsi parlaient depuis huit jours les murs éloquents habitués à livrer à la foule les secrètes pensées du maire; et l'explication de l'avis était donnée aux ignorants par l'image d'un ballon gonflé, cordes tendues, en plein ciel, au milieu des affiches jaunes. En conséquence, le 31 août, les habitants de la grosse ville d'Abbeville, où les ba-

1.

dauds sont en nombre, s'entassaient dans cette partie intérieure des remparts qu'on appelle le Plantis Méricourt, du nom d'un ancien maïeur. Le ballon, *la Ville des Batignolles*, se balançait au milieu d'un cercle privilégié de banquettes et de chaises.

En dehors de la porte Marcadé, une jument baie, tenue en main, secouait la tête avec quelque impatience. Le cavalier qu'attendait cette jument guettait dans l'enceinte du Plantis Méricourt le départ du ballon. Nous ne nommerons pas le cavalier, mais la bête avait nom Jeannette.

Pendant que les aéronautes prenaient place dans la nacelle des *Batignolles* et faisaient ranger autour d'eux, dans l'étroit panier d'osier, les commodités et les précautions du voyage, une chaise, un pâté, deux verres, deux bouteilles de vin de Champagne, le cavalier interrogeait avec une intense curiosité la direction du vent ; il en voulait à ce vent qui ne portait pas vers la mer distante à peine, à vol d'oiseau ou de ballon, de cinq lieues ; non qu'on pût reconnaître en lui les traits d'un Anglais féroce comme en créa Sue, affamé d'accidents terribles, de chutes icariennes, de spectacles d'hommes luttant contre l'air et contre les flots; s'il était blond comme un homme du Nord, il avait les yeux bruns du Midi, et sa physionomie ne pouvait le faire suspecter d'aucune férocité. Au moment où les cordes tendues aux bras des hommes qui retenaient le ballon allaient suivre dans l'air le mot *lâchez tout*, il s'en vint cordialement serrer la main du compagnon de Godard, et cet acte excluait encore toute idée de perfidie; il en voulait cependant bien, malgré tout, au vent.

Le ballon s'enleva; les aéronautes saluèrent le public ; et le cavalier, après s'être assuré de la direction du ballon, s'élança hors de l'enceinte, disparut sous la porte Marcadé et enfourcha son cheval.

Lorsqu'il fut en selle, le ballon était dans les nuages.

Cependant le cavalier, qui l'avait vu se diriger au-dessus des rues vers le sud, rentra dans la ville, la traversa à un trot modéré, pour ne pas attirer les regards de la foule debout sur les places, dans les rues, sur le seuil des maisons, nez en l'air, bouches béantes, lèvres pendantes, et, sur le signe des girouettes, gagna la porte Saint-Gilles opposée à la porte Marcadé. Là, il mit violemment son cheval au trot et dévora le pavé jusqu'au haut du faubourg. Mieux placé alors pour interroger le ciel, il s'arrêta. Les nuages assez épais, mais dispersés et cardés en flocons blancs et mamelonnés, couraient les uns après les autres, se tenaient par de longs filets gris, mais aussi laissaient entre eux des intervalles d'un bleu foncé qui semblaient çà et là des lacs d'outremer au milieu d'un pays de montagnes blanches à perspectives dorées ; (il était alors près de six heures du soir). Le ballon, sortant d'une vallée des nuages, parut tout à coup dans un des intervalles bleus ; il se dirigeait vers le village de Pont-de-Remy, distant de deux lieues. Jeannette prit le galop. Le ballon voyageait avec les nuages, flottant toujours dans un lac d'outremer.

Au moment où le cavalier traversait Eaucourt, le dernier village avant Pont-de-Remy, *la Ville des Batignolles* disparut de nouveau derrière une montagne de nuages.

Jeannette, comprenant l'impatience de son

maître, poursuivait toujours sa course, assise quoiqu'à un bon train, comme si elle avait voulu elle-même regarder le ballon en l'air. Hourra ! se disait le cavalier, pensant à la ballade de Lénore.

A Pont-de-Remy, plus grand embarras ; la route tourne un peu dans ce village et se jette à droite pour gravir une côte au-dessous du Camp romain de Duncq. Le ballon fuyait encore caché par les nuages. Le cavalier, interrogeant vainement le ciel, avait mis Jeannette au pas. Devait-il renoncer déjà à la poursuite ? Des enfants dont les yeux s'écarquillaient, fixement tournés vers le ciel du côté du marais de la commune, attirèrent à quelques pas son attention.

— Qu'est-ce que vous regardez là, leur dit-il ?

— Un grand cerf-volant, monsieur.

Le cavalier fit prendre à ses pointes visuelles la direction donnée par les yeux des jeunes paysans. Il avait retrouvé *les Batignolles* que, désorienté par plusieurs courbes, il ne soupçonnait plus de ce côté. Une vieille femme passait alors près des enfants : — Voyez-vous cette boule là-bas, lui demanda-t-il ? Sur quel pays est-elle ?

— Ah, mon Dieu ! qu'est-ce c'est que ça ?

— C'est un ballon, ma brave femme, et il y a du monde dedans ; mais je vous demande sur quel village ce ballon se dirige.

— Sur Fontaine, monsieur.

— Quel est le plus court chemin d'ici à Fontaine ?

— Monsieur, il faudrait traverser le marais, mais, avec votre cheval....

— Y a-t-il un chemin de Pont-de-Remy à Fontaine dans ce marais ?

— Oui, Monsieur.

— Bon !

— Comme ça ; les vaches y passent, mais il y a des trous et des barrières.

— Où le prend-on ?

— A votre gauche, à quinze pas.

— Merci, madame.

Et le cavalier, remettant Jeannette au galop, s'élança dans le marais.

Le ballon alors, grossissant à l'œil, descendait visiblement. Il courait maintenant plus bas que les nuages et paraissait vouloir prendre terre sur la côte au delà du marais, à environ six kilomètres de Pont-de-Remy. Jeannette galopait dans le marais sur un gazon doux, et le cavalier, les yeux au ballon qui se rapprochait des collines, continuait à se chanter intérieurement le refrain de la ballade de Lénore avec une gaie variante dans le ton et dans les mots; il se sentait très-vivant et n'avait rien de commun avec les morts de Burger. Quelquefois il passait du vol de l'ode au train plus calme, mais encore à haute allure, de la philosophie. Comparant l'énorme globe, presque lumineux, de taffetas, au petit panier noir : voilà, se disait-il, l'image de l'âme emportant le corps... Doucement là !..... Qui sait quelle est l'extension insaisissable de l'âme au-dessus du cerveau, son sac de lest ! Un fil descendant du ballon invisible plonge dans ce sac. L'âme tire... Ah ! maladroite ! L'apostrophe gourmandait Jeannette qui, le pied dans un trou de taupe et le nez à mi-chemin du sol tourbeux, menaçait de traiter son maître en astrologue de la fable. Mais Jeannette ne s'arrêtait pas plus que l'astrologue ne quittait son étoile. Il arriva ainsi à Fontaine, n'ayant été obligé de quitter les arçons de son observatoire qu'une fois pour ouvrir une grande barrière près du village.

A Fontaine, comme à Eaucourt, comme à Pont-de-Remy, plus d'étoile, plus de symbole philosophique en soie gommée. Ciel vide. Trois nuages grimaçant une moquerie épaisse.

Un groupe de garçons et de filles riait près de l'église, un œil encore à l'espace bleu.

— N'avez-vous pas vu un ballon, une grande boule en l'air, demandait le cavalier, tout en courant dans la grande rue du village ?

— Oui, monsieur. Il n'y a pas un quart d'heure qu'il est passé.

— Etait-il bien haut ?

— Non, monsieur, et il y avait dedans deux arceurs qui nous jetaient des graviers dans les yeux.

— Mauvais signe, pensa le cavalier ! Et out haut : — De quel côté allait-il ?

Sur Vieulaines.

— Allons, allons, bonne bête ! dit le cavalier à sa jument ; et en lui-même il se répéta encore, mais plus soucieusement, le hourra du poëte Allemand.

A Vieulaines, il trouva tout le village en révolution. Le 31 août était, nous l'avons dit, un dimanche; pour ce hameau c'était le rebond de la fête patronale, l'Assomption de la Vierge. On dansait sur la place, ou plutôt on ne dansait plus. Les filles, les femmes seules jacassaient près de la table des violons. On avait vu passer dans l'air une machine étrange, emportant dans un panier deux hommes qui semblaient dérouler des cordes et dont on avait cru distinguer les voix. Dans le déluge de paroles comme dans l'ahurissement muet de quelques-unes on eut pu se représenter les manifestations diverses des peuplades Caraïbes quand les premiers navires d'Europe touchèrent aux Antilles. Plus loin, et en dehors du village, le cavalier vit se précipiter des côteaux, dominant la route à droite, tous les galants du pays qui avaient suivi dans les champs la course de la fabuleuse machine. Leur loquacité allait au-devant des questions : — Le ballon avait failli, suivant leur rapport, descendre près d'un bois. Les garçons lancés à travers les chaumes, à travers les trèfles verts et rouges, à travers même les avoines égrainant leurs mille clochettes, saisissaient déjà les cordes pendantes du filet. Les plus lestes aux luttes de la chole et de la paume couraient sous le panier d'où tombaient ces mots : Courage, mes amis ! Ironie cruelle par ces chaleurs d'août ! Comme les habitants de Fontaine, ils n'avaient été récompensés de leur empressement que par quelques poignées de sable, procédé inexplicable aux plus malins, mais suivi d'un saut du ballon vers les nuages.

Le cavalier ne marchait plus que sur des renseignements ; le soleil baissait et allait toucher la terre. Jeannette ne faiblissait pas, mais la confiance abandonnait l'homme ; il arriva ainsi à Longpré.

A quelque pas du village, un chemin se détache de la route et monte à peu près dans la direction de l'église. Le cavalier prit ce chemin. Un homme, arrêté vers le haut, regardait attentivement dans l'espace juste au point de l'horizon. Le cavalier s'arrêta derrière lui et regarda. Il revit alors pour la dernière fois son ballon, qui brillait loin, très-loin, aux derniers rayons du soleil et semblait près de disparaître derrière les collines de la rive droite de l'Airaines, un des plus jolis ruisseaux du département. On eut dit une toute petite lune, la nacelle n'étant plus apparente.

— A quelle distance est déjà ce point là-bas, qui est un ballon parti ce soir d'Abbeville, dit à l'homme arrêté le cavalier devenu bavard pour obtenir une réponse mesurée avec le compas de l'œil ?

— Bien près, bien près d'Amiens, s'il n'y est déjà.

Le cavalier se le tint pour dit; il n'avait fait que la moitié de la course à fournir jusqu'à la chute du ballon. Il gagna la meilleure auberge du pays *Au rendez-vous des chasseurs*, fit donner un peu d'avoine à son cheval, et revint à Abbeville, vaincu dans sa tentative, mais rapportant les premières nouvelles des voyageurs et du lieu où vraisemblablement ils devaient descendre.

Si le vent avait porté vers la mer, ou même dans toute autre direction que celle d'Amiens, il est évident que Jeannette et son maître en fussent venus à leur honneur. Témoins, — de loin peut-être, — de la chute du ballon, ils eussent à coup sûr assisté, nez sur le gaz, au dégonflement.

Maintenant, votre oncle ne livrera pas à vos mièvres critiques le nom du cavalier ; il a ses raisons pour cette réserve, réserve très-généreuse, je vous l'affirme, et vous savez que votre oncle est un homme grave, incapable d'une démarche inconsidérée, calculant ses pas et ses paroles, et enfin fort discret en toutes choses.

I

PIERRE AU BOIS

I

Le tour du bois

Pierre est content de sa journée ;
On l'a conduit dans un grand bois ;
Ce fut une belle tournée
Dans le pays des croque-noix.

Un croque-noix vit de noisettes :
C'est l'écureuil gros comme un doigt ;

2.

Il amasse pour les disettes
Et s'endort quand il fait trop froid.

Ce fut une belle tournée
Chez les lapins qu'on ne voit pas
Parce qu'ils passent leur journée
Au fond des trous, en moines gras.

C'est un grand malheur pour Odette,
Car Odette, le nez tendu,
Aime fort les lapins, et guette
Jusqu'au parfum qu'ils ont perdu.

Mais il faut bien qu'on se console;
Odette et Pierre sont d'accord
En ce principe; et l'une vole
Et l'autre court, — accorte, accort:

Beaux tous les deux! — La même école
Fournit des lois à leur maintien;
Leur triomphe est la cabriole,
L'un d'eux tombe-t-il, ce n'est rien.

Ce voyage fut mémorable,
Car dans ce bois on voit encor

Un lièvre fameux par son râble
Qui nargua Clabaud et Stentor.

Et c'est l'oncle de tous les lièvres
Des environs ; plus imprudents,
Ceux-ci parfois bondissent, mièvres,
Proie étourdie aux crocs mordants.

Un jour, avec de grandes guêtres
Ou des bottes, tu poursuivras
Leurs petits-fils, du pied des hêtres,
Pierre, dans la plaine là-bas.

Sache aujourd'hui que, chez nos pères,
Les druides vêtus de blanc,
Graves, chargeaient de vitupères
Les tables que souillaient ce sang,

Et laisse, petit-fils des Celtes,
En sautant à bas de cheval,
A tes chiens culottés et sveltes
La chair noire de l'animal.

Mais non, la chasse forcenée
N'est qu'exercice d'esprit gros,

Et l'avenir l'a condamnée
Avec le ceste des héros.

Plutôt, comme ton oncle sage,
Monte à cheval, galope et cours,
Mais en quête d'un paysage
Ou, mieux qu'aujourd'hui, d'un discours;

Car de te donner pour exemple
Ces quelques mots, ce serait peu.
Il te faudra cercle plus ample,
But plus élevé, plus haut jeu.

Oui, ce fut un bien beau voyage,
Car si Pierre ne put les voir,
Que d'animaux dont le feuillage
Est l'abri, le toit, l'abreuvoir !

Aux vieux temps, là, sous leurs ramures,
Les cerfs, ces princes féodaux,
Se réjouissaient des murmures
Du vent pareils à des bruits d'eaux.

Le garde, l'Homère-Hérodote
De ces lieux, — je sais bien qu'il dort

Mais je ne crois pas qu'il radote, —
Quelquefois nous raconte encor

Le séjour de mémoire d'homme
D'un chevreuil ou d'un sanglier,
Comme aux temps primitifs de Rome
On parlait du sacré figuier.

Mais ce temps est si loin que Pierre
N'a pas entrevu le poil d'un
Plus qu'il n'a senti de crinière
De lion, de museau d'ours brun.

Quel beau voyage pourtant, Pierre !
Si tu n'as vu ni cerfs, ni loups,
Ni le peuple à mine moins fière
Que gardent les terriers jaloux,

Dans l'allée aux bordures vertes
Où le ciel verse les couleurs
A toi se sont en joie offertes
Des foules de vie, ailes, fleurs,

De petites mouches, des races
Qui vivent un jour, séraphins,

Angelots couverts de cuirasses,
Armés de dards, de croissants fins ;

Hommes et dieux ! de petits hommes
Alambiqués, masqués, casqués,
Sur les fils des mangeurs de pommes
En petit, mais en beau, calqués ;

Qui d'avance le pourrait croire
Dans cette honnêteté des bois !
Des papillons en cape noire
Et coiffés comme Henri trois ;

Et toutes les coquetteries,
De la poudre jetée aux yeux,
Du Watteau, des ailes fleuries
Battant en éventails les cieux;

Tous les papillons à quatre ailes,
Nababs, maharajahs, sultans,
Se jetant, splendides querelles,
Des défis d'or sur leurs caftans;

Les phalènes de blanc frappées,
En faucille, à bande à l'envers,

Printanières, d'ocre jaspées,
Jaunâtres, à triangles verts ;

Puis au dessous de ces génies
Composés d'air et de soleil,
Les monstres, rêves-calomnies
Du monde avant son plein réveil :

L'épouvantable scolopendre,
Tigre et chacal des moucherons,
Et l'araignée aimant à pendre
Dans les sentiers ses filets ronds,

Et le cousin, hydre perverse,
Et le taon même, ce démon
Qui sous la peau vive qu'il perce
Laisse pour paîment un phlegmon ;

L'horrible, horrible stercoraire
Au dos de bronze noir, vivant
Comme le fossoyeur, son frère,
Dans un palais sombre et mouvant ;

Les vers, ces ébauches de vie,
Corps rudiments, têtes sans yeux,

Sans cervelle, — portant envie
A la limace au dos visqueux;

Enfin — les bois sont des volières, —
Beaucoup d'oiseaux. — Une autre fois
De leurs troupes irrégulières
Nous dirons la plume et les voix.

Ainsi partout sur ton passage,
De l'herbe, du taillis, des pins,
S'est levé le monde sauvage,
Insectes, loirs, oiseaux, lapins.

Dans cette foule un peu mêlée
On regrette de ne voir pas
De singes, la queue enroulée
Aux arbres, et la tête en bas.

II

État des lieux et inventaire

La baraque où ton oncle pose
Est-ce un chalet, un châtelet,

Un château ! Doute grandiose !
Inventorions, s'il te plaît.

Quatre murs d'un torchis précaire ;
Un toit où la mousse a jauni ;
Un retour de ce toit, d'équerre,
Sur l'écurie et le chenil ;

Deux fenêtres seules, dont l'une
Regarde à midi le soleil
Et l'autre, aux heures de la lune,
Arctophylax, froid et vermeil.

— J'espère que voilà du style
Et de la science ! — Quittons
Cependant vite l'Ourse hostile
Pour revenir à nos moutons.

Nos moutons ce sont les abeilles
Que tu vois entrer dans ce trou
Riches d'or, ivres des merveilles
Des fleurs lointaines, leur Pérou.

Elles ont, les mouches actives,
Bâti de sucre une Babel

Dans ce grenier ; tribus captives
Du garde qui guette leur miel.

Le garde sera l'Alexandre
De la ruche, nouvelle Tyr,
Et des larmes pourront descendre
Sur un nouveau peuple martyr.

En attendant, elles naviguent
Dans l'air, — comme, éprises de gain,
Les cent mille nefs que fatiguent
Les flots du golfe mexicain.

Ai-je bien tout dit ? Non ; regarde
Ce lierre appliqué sur le mur.
Il monte, jeune encore, et darde
Vers le toit son feuillage obscur.

Les dieux anciens aimaient le lierre ;
Tous les vainqueurs à leurs cheveux
Le mêlaient, et j'en voudrais faire
Des couronnes à mes neveux.

Mais laissons là ce qui miroite,
Vitre ou feuillage serpentant,

Et rentrons dans la salle étroite
Où le déjeuner nous attend.

Une table, deux bancs, trois chaises,
Vrais meubles des *Dieux en exil*,
Cheminée où geignent des braises
Que tente un pied mis sur le gril ;

Une armoire-buffet, un filtre
Chargé de rendre sa vertu
A l'eau, ce réfrigérant philtre
Qui donne aux saints leur air tortu.

Les murs ! Admire la richesse
Qui les décore ! Vois l'orgueil !
D'abord les preuves de prouesse :
Ça c'est la tête d'un chevreuil

Et ça c'est la patte d'un lièvre ;
Tous les deux forcés ! J'en suis sûr ;
— J'en dus être, et j'en ai la lèvre
Grosse encor, tant j'ai sonné dur ; —

Puis des paquets tordus de mailles
Pour prendre les lapins au bond

Quand les blés sortis des semailles
Accusent leur dent qui les tond ;

Puis des chevaux, des poulinières
Du Hanovre ou du Limousin,
En peinture, — avec des crinières
Qu'effarouche en l'air le dessin ;

Puis, en divers cadres, mélange
D'oiseaux *peints* : râles de genêt,
Cailles, perdrix, une mésange,
Pluviers, grives, un sansonnet ;

Le merle qui semble, nez jaune,
Un régent en habit de deuil,
La bécassine au bec d'une aune,
Et l'alouette et le bouvreuil ;

Plus loin une légende antique,
Une image de saint Hubert
Imprimée à Metz. Le cantique...
Faible auprès du *Roi Dagobert*.

III

Causerie à table

Pierre, veux-tu trois mots d'histoire ?
Je vais te ramener bien haut
Dans le passé, dans l'ombre noire
Où seuls sont à l'aise Perrault,

Bernard de Montfaucon, Duchesne,
Paradin, Dupleix, Villaret,
Turpin, Jean de Serres, Dufresne,
Et ton oncle et Belleforest.

Au temps le plus lointain où puisse
Pénétrer mal le songeur vain,
Un Celte à demi nu se glisse
Dans la broussaille, un arc en main.

Laissons le Gaulois à ses bêtes,
Le Druide au chêne ; éludons
César et Clovis, les conquêtes
Romaine et franque. Descendons..

C'est ici que Berthe princesse,
Fille impériale, écoutait
Le grave Angilbert, la sagesse
Que parfois le clairon hantait.

Pour le couvent et pour l'alerte,
Il avait, le grave Angilbert,
Abbé duc, la tête couverte
D'une mitre, au flanc le haubert.

Angilbert bâtit trois églises
Et fut cher au pape Léon ;
Ses reliques en châsse mises
Nous recommandent Richbodon.

Bien plus tard, au siècle quinzième,
Les Anglais, tenant garnison
A Saint-Riquier, en ce bois même
Prirent de lapins grand'foison.

Plus tard encore, arcs, arquebuses,
Arbalètes, les trois Serments
D'Abbeville, en ce lieu de ruses
Frappèrent quatre cents Flamands.

Plus tard les vieux chênes croulèrent
Au profit d'un abbé du lieu
Sous qui les plus hauts fronts roulèrent,
Le porte-pourpre Richelieu.

Ainsi des pages surannées
De l'histoire, et tantôt montant
Tantôt descendant les années,
Mes récits vont s'alimentant.

Mais que t'importe ! A la lisière
Du vieux bois allons voir les champs.
Là plus ardente est la lumière,
Plus chauds sont les soleils couchants.

IV

Les champs

Cet éblouissement qui frappe
Tes yeux, Pierre, c'est le soleil ;
L'océan des couleurs s'échappe
De son tournoîment sans pareil.

Nommé Soûrya par les brahmes,
Maître des douze Adityas,
Il versait en ruisseaux de flammes
La vie au monde des Védas.

L'Égypte nous le représente
Sous la forme d'un disque ailé,
Dans la langue sainte et savante
Dont les temps ont livré la clé.

Les Grecs héritiers des Pélasges
L'appelèrent Hypérion,
Celui qui domine les plages,
Le sud et le septentrion.

Tu le verras dans maint poëme
Figuré par un char courant
Sous un dieu dont le diadème
Sort en or d'un front fulgurant,

Et le dieu blond, incliné, guide
Quatre chevaux cabrés dans l'air,
Comme nous le montre le Guide
Qui fit de la toile un éclair.....

Arrête ; c'est une cigale
Qui chante et saute. Laisse-la.
Les Grecs aimaient sa note égale,
Ce coup d'archet des champs, un la ;

Et tous les insectes la suivent,
Et c'est un gai bourdonnement,
Et tous les atômes qui vivent
Font leur part d'accompagnement...

Mais chut ! Quel est ce monticule
Qui remue et grandit ! Quel est
L'Encelade doublé d'Hercule
Qui soulève ce bourrelet !

C'est une taupe, objet des haines
Du laboureur ; elle a les mains
Blanches d'une ermite ; ces veines
Du sol gonflé sont ses chemins.

Elle cherche à tromper sous terre,
Comme du grec tu l'apprendras,
Les traits lancés par la colère
D'Apollon destructeur des rats [1].

[1] Apollon Sminthien veut dire Apollon adoré à

Spectacle émouvant ! Un bupreste,
Chasseur que pousse la chaleur,
Esaü féroce, actif, preste,
Cherche et court à jeun... Ah ! malheur !

Malheur aux pauvres bestioles !
Malheur au gibier poursuivi
Qui s'abandonne aux langueurs molles
Ou que la fuite a mal servi !

Point de lutte, point de bataille,
Rien que le meurtre ! Et quelle mort,
Vermisseaux, quand l'âpre tenaille
Vous saisit, vous tient et vous mord !...

Écoute ; c'est une alouette
Qui monte et monte, et haut et haut !
Et chante et chante ! et qui fouette
L'air en montant ! Tirelayaut !

Des corbeaux noirs à tire d'aile
Passent, couac ! couac ! tout droit.

Sminthe ou Apollon destructeur des rats, quelques-uns pensent des taupes.

Détours, zigzags, une hirondelle.
Où donc sa fenêtre, où son toit !

Regardons mieux le voisinage.
Devant nous cette avoine, vois,
Semble mettre en carillonnage
Des milliers de chapeaux chinois ;

Et plus loin, est-ce une berlue !
Les coquelicots incarnats
Font d'un champ de blé qui salue
Le plus décoré des sénats.

Approchons ; le spectacle change.
Vois ; ces fleurs, sur les premiers plans,
Maintenant dans leur rouge étrange,
Nous font l'effet de chambellans

A reculons devant des trônes. —
Injure ! Portant droit le chef,
Ces chambellans des moissons jaunes
N'ont pas dans le dos une clef.

Laisse alouettes, sauterelles,
Coquelicots ; vois plus avant.

Le moulin tourne ; ses quatre ailes
Montrent toujours d'où vient le vent.

Il travaille, fait la farine
Qui tombe blanche du bluteau,
Puis, mise en sacs, partout chemine
Pour devenir pain ou gâteau.

Ailes toujours bien occupées,
Il fait aussi le son qui rend
Mesdemoiselles les poupées
Bien dignes de tenir leur rang.

Les moulins-à-eau, petit Pierre,
Viennent des Romains ; tu sauras
Qu'ils font tourner la grosse pierre
Où Plaute esclave usait ses bras.

Plus tard, les croisés rapportèrent
Les moulins à vent d'Orient,
Et les Flamands tôt adaptèrent
A leur pays plat ce géant.

Plus loin encor, entre les haies,
Monte un village ; le clocher

Jetant ses notes tantôt gaies,
Tantôt graves, semble un rocher

D'où s'envolent, en ailes saintes,
Des oiseaux noirs, des oiseaux blancs,
Les noirs représentant des plaintes
Et les blancs de joyeux élans.

C'est de ce village qu'on aime
A tirer, selon la saison,
Le bon lait ou la bonne crême
Qui viennent à dos de grison ;

Et la bonne femme accroupie
Sur le bât nous apporte encor
De blancs fromages à la pie,
Tout prairial, tout fructidor :

Petits et gros pois, des carottes,
Des œufs tout frais pondus et doux,
Des prunes noires, plein des hottes,
Et des choux, mais de maîtres choux.

Maintenant, Pierre, il est bien l'heure,
— Le soleil baisse, tu le vois,

Et plus largement l'ombre effleure
Le vallon, — de rentrer au bois;

Là nous trouverons attelée
La voiture, et tu partiras,
La mine quelque peu hâlée,
Pour revenir à tes bons draps,

Car après tant de découvertes,
Notre marche et cet entretien,
Les bons draps seront contents certes,
C'est Pierre qui dormira bien.

II.

PIERRE ACCOMMODANT

Pierre s'assied avec des mains sales à table,
Pierre est un laid garçon. Il ira dans l'étable
Servir aux petits porcs de petit compagnon.
Pierre écoute, confus d'abord, un peu grognon,
Mais tout à coup, sautant de joie : — où, dit-il, mère ?
Où çà les petits porcs ? — Nous les achèterons,
Dit la mère. — Maman, réplique aussitôt Pierre,
Achetons-les bien vite alors. Nous dînerons

Avec eux dans l'étable. — Et, tout d'avance en fête,
Avec de grands projets de gourmandise en tête,
Libre des préjugés où nous nous accrochons,
Pierre attend les petits cochons.

III

PIERRE CALME

Dzing ! clic ! bing ! Pierre avec sa balle
Renverse bougie et flambeau
Et bobèche ; éclat de cymbale !
L'oncle lui-même pousse un Oh !

Un Oh d'épouvante ! Mais Pierre,
Pareil à Jupiter Stator
Calme et glorieux du tonnerre,
Rit, et dit seulement : Encor !

Mars 1867.

IV

LA SCIENCE DE MARIE ET DE PIERRE

SONNET

Comme un chat frileux avec l'eau,
Marie avec ses lettres joue;
Et souvent, pleurs, dépits ! sa moue
Sur l'alphabet noir fait tableau.

Elle sait pourtant jusqu'à l'O,
Cette lettre qui fait la roue :
O, c'est la bouche en rond que troue
L'exclamation. Voyez : Oh !...

Quand à l'S, c'est un vrai Protée,
Et c'est par l'S qu'est arrêtée
Marie au mot MELCHISÉDECH.

Mais Pierre, que l'exemple invite,
Quoique plus jeune, ira plus vite;
On l'entend déjà dire Y grec.

Avril 1867.

V

PIERRE ÉCUYER

Pierre est fou d'espace ; il dévore,
Les yeux pleins d'orgueil, son papa
A cheval, ignorant encore
Adah Menken et Mazeppa.

Quant aux chevaux, tout, carton-pâte,
Image, bois, tout lui convient;
Il en est même un grand qu'il mâte
Et qu'il monte et pousse et retient

Signalement : bai brun, balzanes,
Crins noirs; taille : deux pieds de haut;
Pas : des allures castillanes.
Total · le Bayard de Renaud.

Aussi, quel cheval à bascule !
Et lui-même, campé dessus,
Pierre, qu'il avance ou recule,
N'est-il pas Chiron ou Nessus ?

Un Centaure ! Il est vrai qu'il aime,
Pour compenser ce que ce feu
De Thessalie aurait d'extrême,
Les adresses d'un autre jeu ;

Laissant Bayard à l'écurie,
Il fait, pupille des héros,
Il fait.... de la tapisserie,
Achille bambin à Scyros.

Avril 1867.

VI

LE CHEVAL QUI CAUSE

L'oncle à cheval rencontre Pierre
Et l'appelle : Pierre ! entends-tu,
Pierre ? — Pierre en arrière
Regarde, et reste confondu.

Comment ! C'est cette grosse bête, —
Le cheval, — qui lui parle ainsi !
Le cheval ! Il baisse la tête
Et salue; il est bien poli.

L'oncle répète : Pierre! Pierre !
— Pierre examine, curieux,
Le poitrail velu, la crinière,
Mais sans lever plus haut les yeux.

Il a bien deviné sans doute
Que ce grand monstre impérial
S'est arrêté lui-même en route
Par amitié : — Bonjour, cheval.

27 juillet 1867.

VII

LE SULTAN A NUREMBERG

Nuremberg, 26 juillet 1867.

« Le sultan est arrivé hier soir quelques instants après dix heures. . . . Une foule nombreuse a acclamé le sultan. Le sultan partira aujourd'hui à midi. »

Agence Havas Bullier.

Le sultan hier à dix heures
Fit son entrée entre les tours
Les meilleures
Des bergs et des bourgs.

Rome n'avait que sept collines,
Nuremberg en a douze; aussi
Tu devines
Quel œil ébahi.

Le sultan (qui peu s'émerveille
De Paris neuf) écarquilla
Sur la vieille
Ville où le voilà.

Et quel bruit ! rrrrikiki ! tumulte,
La fièvre chaude en chauds accès !
C'est un culte
Qu'on rend à son fez.

Les magnats des marionnettes
Se sont émus tous à la fois,
Gens honnêtes
Faits du meilleur bois.

Toutes les plus belles poupées
Ont manqué de se laisser choir,
Occupées
D'un bout de mouchoir.

Messieurs les hauts polichinelles,
Tout chamarrés, ont fait des cour-
bettes telles
Que celles de cour.

Les uns, futur honneur des chambres,
Ont imposé des tours réglés
A leurs membres
Désarticulés ;

Les autres en mots écarlates
Fabriqué comme le dix-oût
Des cantates
Où l'audace bout.

Les petits violons d'eux-même
Ont, bien appris, orné des sons
Que l'on aime
Les fières chansons.

Tout au loin, à perte de vue,
S'amoncèle un peuple à ressort;
La cohue
De tous cotés sort.

Et tous viennent, princes, princesses,
Guerriers, rimeurs, peuple, apportant
Des adresses,
Parlant et chantant.

Mais le Grand Turc, tirant sa montre
De son gilet de casimir,
Leur démontre
Li voulir dormir.

27 juillet 1867.

VIII

UN PORTRAIT DE MARIE

Petits cheveux tordus en flots,
Bouillonnants, rétifs, en révolte,
Un ruban mince à nœuds falots,
Brins d'herbe, fleurs, une récolte.

Marie ainsi vient en sautant,
Rose, animée, et dans sa course,
Fait penser au ruisseau chantant,
Au Scardon, la petite source.

IX

LE DIABLE ERMITE

LÉGENDE D'ABYSSINIE.

Neveux, je vous présente en un langage idoine
Et pris aux vieux récits dans les plus purs desseins,
Técla, qui convertit le diable et le fit moine,
Et Mammon qui jeûna dans les monts Abyssins.
L'Abyssinie a mis Técla parmi les saints.
Quant au diable, il faillit dans le rôle d'Antoine,
N'ayant, — vous avez vu grognon
Près du moine le pourceau mythe, —
Rien du saint, tout du compagnon.

Pendant quarante jours le diable fut ermite.
Quarante jours ! c'était pour le diable beaucoup,
Le quarantième soir il partit comme un loup,
Maigre, exaspéré, fou, cherchant proie à la ronde.
Depuis ce temps, neveux, il court, il court le monde.
Ah ! malheureux neveux, que vous ai-je dit là,
Moi qui, pour renvoyer le diable à sa cellule,
    N'ai rien de l'art de Raymond Lulle
    Ni des vertus de saint Técla !

X

LA MARMOTTE EN VIE

Voici le temps, mes neveux,
Où tout dort, l'ours en son antre,
L'oncle au bout de tous ses vœux,
Son édredon sur le ventre,

Les écureuils dans leurs trous,
Les lézards dans les rocailles,
Tandis qu'aux climats plus doux,
Malte voit passer les cailles.

De ces dormeurs, adorant
Trous, édredon, mousse en motte,
Saule creux, pin odorant,
Le modèle est la marmotte,

La marmotte qui s'endort
Dans ses Alpes maternelles,
Et qui fait des songes d'or
Sous les neiges éternelles,

Chaudement dans son terrier,
Et sourde — entre la Sardaigne
Et la France — au bruit guerrier
Que la montagne dédaigne ;

La marmotte, animal doux,
Qu'au fond oisif de sa chambre
Arrache et traîne chez nous
L'enfant sans gîte en décembre.

Il ne pense pas à mal,
L'enfant des monts, son grand frère,
L'enfant pauvre, l'animal
Partagent froid et misère ;

Et les deux souffre-douleurs
Frissonnent sous la fenêtre
Où la glace met des fleurs,
La glace, leur lit peut-être.

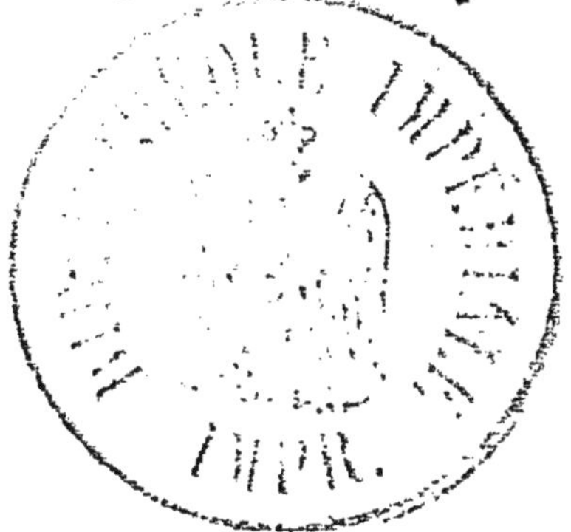

XI

IMPRESSIONS DE VENT

Il a fait bien du vent. Comme sur un navire
Qui lutte en la tempête et sur le flanc chavire
L'eau s'abat, ce vent-là tombait de tout son poids
Sur les maisons ; la nuit a crié dans les toits,
Dans les murs secoués, dans les portes sifflantes ;
Elle a, comme l'eut fait la fièvre, aux heures lentes,
Tenu Pierre et Marie éveillés. Pierre a dit
De l'héroïque ton d'un prince ou d'un bandit :

Maman, je crois qu'il pleut. Marie épouvantée
De la pluie à grands flots sur les vitres jetée
Et du vent qui donnait sur le toit de grands coups,
A dit : Maman, j'entends dans le jardin des loups.

XII

LA LANTERNE MAGIQUE

I

Voici la lanterne magique ;
Voyez la lune et le soleil,
Le diable et sa moitié tragique,
Proserpine sans appareil ;

Voyez le prince grand et calme,
Le porte-coton étonné,
Le ministre, de l'or en palme
Sur un habit droit boutonné,

Le préfet et son secrétaire
Haletants du même discours,
Les conseils soulevant de terre
Des adresses, des pavés d'ours,

Toute la comédie humaine,
La folie et la gravité,
Amphitryon content d'Alcmène,
Sganarelle désappointé,

L'indulgent et le misanthrope,
Le pédant barbouillé de grec,
Le poëte fou de la trope,
Le géomètre, du trait sec;

Inde, Assyrie, Égypte, Europe,
Tous les climats et tous les temps,
La pyramide de Rhodope,
Égine aux marbres éclatants.

Tous les peuples : guerriers esclaves
Des rois conducteurs de troupeaux,
Romains libres en laticlaves,
Barbares en habits de peaux ;

Par un saut en avant très-brusque
Autres gens : le Prussien casqué,
Le Russe dont le corps se busque,
Le Lapon de graisse masqué,

Le Français qui tout recommence,
L'Italien, jeux d'esprit, vers,
L'Espagnol, manteau de romance,
Et chacun avec ses travers :

Ici le boxeur, — le beau geste ! —
L'Anglais trop plein un tantinet ;
Là, l'écolier sous son digeste
Et le docteur sous son bonnet ;

Et les inventions de l'homme :
Le toit, angle à fronton d'abord ;
La coupole arrondie à Rome,
L'ogive qui s'élance au nord ;

Les bœufs attelés, la charrue,
Le fléau, le moulin tournant,
La nef qui dans les flots se rue,
Le char qui vole ; et maintenant

Voyez le ballon qui réclame
Des ailes à Nadar-Colomb,
Comme le bâteau sous la lame
Cherche des pieds le long du plomb.

Mais c'est assez grandir la fresque
Dont les couleurs tremblent au mur.
Lanterne, rends-nous le grotesque,
Ton triomphe, appareil obscur.

Très-bien ! le docteur dans sa robe,
Pantalon, le riche barbon,
Que Mezzetin daube et dérobe,
Il signor Scarabombardon,

La noce à présent, le notaire,
Le maire et la mère Grognac,
L'escadron volant du clystère
Serrant Monsieur de Pourceaugnac.

Pierrot, Messieurs; Messieurs, Jocrisse,
Le Juif errant, Cadet-Roussel,
Mayeux, le soldat, la nourrice,
Enfin... le monde universel.

II

Ce Panthéon des noms de marque
Où l'histoire entière jeta
Les frères Michaud sur Plutarque,
Savez-vous bien qui l'inventa ?

La clarté du siècle treizième,
Le moine illustre dont le nom
Éclatant dans la poudre même
Gronde en chaque coup de canon.

C'est une histoire misérable,
Celle du génie écrasé,
Celle du *Docteur Admirable*,
Du pauvre homme au crâne rasé,

Du grand homme dont les yeux virent,
De mille ans peut-être en avant,
Les mers nouvelles où chavirent
Les nochers du monde savant.

Il fut, dans le bas crépuscule
De l'esprit humain en déclin,

Lui moine, au fond de sa cellule,
Plus grand que Newton et Francklin.

Il remit au pas les années
Qui trompaient le cours des saisons,
Et les erreurs, ces sœurs aînées
Qui persécutent les raisons.

Il dit à l'homme : vois ; — ilote,
Sois libre ; — voici l'instrument. —
Il ébranla même Aristote,
Maître alors de tout argument.

Il dit pourquoi l'astre scintille,
Nota le spectre coloré,
Menaça l'étendue hostile
Du télescope démontré.

Il dit aussi comment s'éclaire
L'arc-en-ciel dans des gouttes d'eau
Et comment la force lunaire
Sur la mer agit en fardeau.

Il devina les forces neuves
De l'avenir né de nos jours,

Les machines battant les fleuves
Et les mers, vapeur, où tu cours,

Les monstres montés sur des roues,
Portant les peuples à travers
Les continents, — rêves de proues,
Cauchemars brumeux de tenders,

Ébauches de nef qui s'empare
Des plaines désertes de l'air,
Mille autres secrets où s'égare
Encor notre esprit, faible éclair.

Pour les prunelles trop peu nettes
De beaucoup de ses successeurs
Il fit les verres de lunettes
Qui complètent vos professeurs.

Et lui qui niait sortilége
Et magie, il fut condamné
Par des cordeliers en collége
Comme aux arts de l'ombre adonné.

En prison le vieillard qui penche !
Ses livres même sont chargés

De chaînes sur l'étroite planche
Où par les vers ils sont rongés.

Défense au moine en la géhenne
D'envoyer, trompant ce tombeau,
Ses œuvres aux vivants, sous peine
Du jeûne au pain, du jeûne à l'eau !

Pourtant, humiliant la foudre,
Forçant aux prodiges le feu,
Aux hommes il donna la poudre,
Aux enfants plus qu'un monde, un jeu.

Oui, le premier sur le mur terne
Éclairé d'un rond lumineux
Il fit jaillir d'une lanterne
Tout un monde vertigineux.

Le vieillard à la vie enclose
Qui créa — tombe, ô Panthéon ! —
Cette lanterne apothéose,
Il s'appelait Roger Bacon.

———

TABLE

Abbeville. — Imp. P. Briez

TIRÉ A QUARANTE EXEMPLAIRES

www.ingramcontent.com/pod-product-compliance
Ingram Content Group UK Ltd.
Pitfield, Milton Keynes, MK11 3LW, UK
UKHW021217230726
13926UKWH00003B/1085